FRESTA

marília rossi

URUTAU
2023

editora Urutau

rua dr. manuel pacheco nobre, 128, 5 esquerdo
2830-080
barreiro (setúbal)
portugal

rua do cajú, 478
jardim das cerejeiras, 06724-015
cotia-sp
brasil

[+351] 928053619 [portugal]
[+55] 11 9 4859 2 426 [brasil]

www.editoraurutau.com
contato@editoraurutau.com.br

[EDIÇÃO]
debora ribeiro rendelli
tiago fabris rendelli
wladimir vaz
[REVISÃO]
juliana palermo
[IMPRESSÃO]
iverso
[ISBN]
978-65-5900-500-0

sumário

PREFÁCIO

Uma fresta é ruptura: a depender da circunstância, pode ser que seja necessária — mas nunca fácil.

Uma fresta também é brecha: através dela enxergar o que há do outro lado, ainda que não se possa transpassar muro.

E ainda: por meio de uma fresta, a água vence a telha, e o concreto e pinga sua liberdade até formar poça, encher balde — então nunca lidou com uma goteira no teto?

De todas as metáforas imagináveis com o título do livro que você tem agora às mãos, nos encanta pensar que todas as significações são possíveis. E as tantas mais que lhe couber criar.

Marília nos presenteia essas frestas como possibilidade de ver o facho de luz que invade um quarto escuro atrás de paredes cerradas: a expectativa da flor — e há um imenso jardim delas aqui — move um corpo que busca força em direção a um que-virá ao mesmo tempo em que contempla, crítico, vez-que cético, o presente: "*só o nada testemunha o espaço entre o céu e o todo*", observa a poeta.

Entre os bordados, flores, águas, nuvem e brecha costurados neste livro, Marília alinhava arremates precisos sobre o existir/resistir mulher, imigrante, LGBTQIA+. Nos fios, cores que nos levam ora a um estado onírico: "*tem um mar em mim que é só vertigem*", ora a uma assertividade crua: "*é esse silêncio resguardado/o meu direito sobre o mundo*", ora a imagens lúdicas: "*a bota sem par da cartografia da Itália*". Afinal, "*é preciso leveza para a luta*". E assim, a costura que parte da experiência íntima também nos veste, coletiva.

"*Benditas somos as vozes entre as mulheres*", bendita matéria livro--fruta em suas mãos. Nestas páginas podemos ouvir o eco vivo de muitas... indispensáveis.

Há anos que vivemos nas brechas do cotidiano para brotar — ou evidenciar — o fruir artístico, sensível, humano e belo; seja em saraus, encontros, performances, grupos de estudos, criações e projetos. Construir um teto todo nosso, evocando aqui Virginia Woolf. Marília e nós (Janaína e Michele) nutrimos uma genuína amizade e identificação mútua; compartilhamos de tudo, dores e alegrias, os vazios e os momentos de cheias. Nesse turbilhão de ser quem se é, gestamos a *Tria Coletiva*, um território do fazer, pensar e sonhar, primeiro dentro desse casulo íntimo, depois apresentando-se aberto ao diálogo com tantos outros e outras, e o mundo, essa atmosfera incógnita que ora parece dura, imodificável, ora nova e veloz, "*bambolê no cinturão de órion*" — como no poema que presta homenagem a essa tríade que somos.

Encontramo-nos unidas, regando sementes e as raízes para crescermos fortes, cuidando, zelando e torcendo muito uma pela outra.

Participar desse voo da Mar é orgulho e alegria multiplicados.

Este livro é a própria fresta que instiga olhos curiosos a ver através, por onde experienciamos o que pode soar familiar... ou inédito. Como a própria poeta instrui: "*tateia no escuro, mas vai*", e cada página lida reafirma que "*a força do poema é a força do desejo de sair de si*».

Não contenha a curiosidade. Olha.

Janaína Moitinho e Michele Santos

Por qual fissura
a vida vaza?
Em que altura
a gente se mistura
e passa?...

PIERA SCHNAIDER E NUAH CANTADEIRA

O guarda-roupa
de casa
guardava roupas
e palavras.
Vesti-me de poesia
dia a dia.
Como não ser poeta?

DANIEL VIANA

*

sempre fui péssima com títulos
gosto do que ainda não tem nome
e me observa pelas frestas das palavras

não tenho título de residência
não tenho título acadêmico
não tenho títulos em negrito, destaque, caixa alta, fonte rebuscada
sou linha fina
descritiva
discreta
desigual
errada e torta

não me apresento com títulos
aqui há poemas sem títulos
alguns poemas não foram feitos para ter títulos
meus poemas não sabem se apresentar

adianto a falta de títulos
vou direto ao assunto
me movimento pela ausência prévia

o título é a mãe do poema?
embala-o
mostra ao mundo
prepara o parto
observa da linha superior
o texto nascendo
crescendo
criando pernas
virando a página

vem?

*

escuto o chiado do mundo
noventa decibéis de batucadas
fazendo um maracatu nos ouvidos dc peito
flutuo incômoda
na água que já não me cabe
placenta insuficiente
cômodo apertado
parede espessa — se rompendo
a bolsa estoura
vazam fluidos
escorre pelas pernas
o elemento que se moldava
à bolha
ao lugar de dentro
ao habitat da semente
à casa da garganta que agora chora
agora há mais terra ar e fogo
os fios se rompem
a porta abre — os olhos também

limpam-se os pulmões
as córneas
os ouvidos
o tato
cada coisa fora do seu lugar
ciclo sagrado de habitar
(e renascer)
cada universo
que ultrapassa as vulvas
dos sentidos

parto
de parir e de partir
todos os dias
(mesmo que só aqui)

*

as cartas já diziam
: tateia no escuro,
mas vai!

há sempre um eremita
perto dentro no percurso
e todos carregam suas lanternas interiores

no alto das montanhas
também há fundos de coisas ocultas
buracos inteiros
pra se esconder
escalar
observar
gritar "eco, é você que taí?"

as cartas já diziam
: aceite as taças
outras, deixe ir

existem sempre diamantes
no líquido dos copos
dos corpos
dos conteúdos ingeridos
pelas veias boca cheiro escuta escuro som textura

as cartas disseram
: veja as luas
os pedaços de sol da noite
ocultam faces
denunciam fases
entregam ciclos
completam águas
a carta final nunca manda
mas orienta
: tateia no escuro, mas vai!

*

a tinta
respingada
se diz o que
seduz:
não seriam as mãos dela
se estivessem sem
gotinhas de
poemas.

*

queria um poema
que me atravessasse
em desenho
as costas
e enfeitado de flor dissesse
~ainda que lido calado~
a frase primeira
que me sustenta
e ainda não sei

queria um poema
que me brotasse nos pés
tatuado em botõezinhos de rosa
pequeninos crisântemos
alcaçuz
subindo pelas pernas
mirando as coxas
ao acaso
(não acredito em acasos)

queria um poema
que registrasse o estado único
ao encostar a boca na pele dos ombros
nascidos de uma sempre-viva
regada em chuva mansa

queria eu um poema
assoprado do dente-de-leão
pros sonhos
de lírio de um dia
pro ano inteiro
de planta rasteira
pras veredas de viagem
de passo
a passo
pra música
que brota

do agora

*

a força do poema
é a força do desejo
de sair
de si

*

previsível
a ponto
de me estranharem quando não colorida
de adivinharem que gosto de imagem com costura
de linha vermelha
de artista que pouca gente conhece

desconfio caber num tecido esticado
de um bastidor redondo
a ser bordado

a agulha fere o tecido
coloca cor no que é cru
faz desenho
escrita
emoldura

previsível
pras mãos que conduzem os pontos

previsível
ao olho alheio
de tantas formas

talvez eu seja novidade
só pra mim

sem arremate no avesso

*

respeitar a si: imperativo íntimo inegociável
enquanto, em parte
toda bagunça entre os cílios
silenciada

mas já que impedidos de muito
livres pra guardar na retina todo contorno
e traço abertos pro mundo

invisível ainda, mas lido aqui
fundo intenso em leveza quântica
cosmos sincrônicos
luzinha de pisca

onde-quando tudo é possível mesmo que oculto dos alto-falantes
desacreditado pelos céticos, controlado pelo poder
mas excede

invisível porque se dito, explode
bomba e glitter
no colo e no cantinho dos olhos

invisível porque quando exposto
brilha, transborda, inunda, lua cheia
desavisados assustam: medo de altura, cor intensa, contraste grande, sutileza explícita

invisível a dor de ser, mesmo com orgulho
invisível a alegria de ter, mesmo que sussurrado, o imenso dentro de si
pra ser visível só um pouco mais: resistência e coragem

ainda mostro a cara, dou-a a tapa
desenho bandeira direto pro front
vou armada até os dentes: sorriso feito

ainda me torno exibida de amor e alma
o corpo todo que transcende da cabeça aos pés de um lado a outro
de todas as voltas que o mundo dá

a quem vem de peito aberto
visível bem aqui:

tudo o que existe e eu já sei
tudo que não existe e sonho
tudo que escolho e sustento
tudo o que amo e sei que é verdade
continua aqui
um suspenso no vazio
só o nada testemunha o espaço entre o céu e o todo

*

engoli o impossível
do tempo que passa

vento embocado
das gretas da janela íntima

*

tá pra nascer um poema
que me tire a casca
que me mostre a casa
que me arranque a crosta

e nascer o grito da raiz das coisas

carne viva sangrando a seiva
sustento fincado na terra
(até quando ainda?)

tá pra nascer um poema
que cante e dance o entalo na garganta
que floreie a segunda (ainda que chova)
que permute o ar (mesmo que quente)
que me descanse a voz (depois de rouca)

folha verde seca caída
compostagem pra alimentar o que resiste

tá pra nascer um poema
curto denso espesso e livre

tá pra nascer um poema
de mãos dadas
de olho em frente
de leveza

que me tire daqui

feito galho desprendido
feito carta enviada
feito cordão cortado
feito dente-de-leão assoprado
feito eu
longe

com minha semente
dentro
bomba explodida
no íntimo de tudo.

*

reinam nas minhas águas internas
profundos redemoinhos
dona de tudo que brilha
choro também alumia trilha

oxum
leve minhas águas salgadas pro mar

mãe oxum
leve meu mar pra iemanjá

*

tem cheiro de mar na minha pele
tem mar no meu nome
tem gosto de mar nos meus olhos
tem mar pra todo lado — igual poema de infância
tem mar em mim
sem navegante
tem mar em mim
sem acabar em porto
tem mar em mim
entre o que vira oceano e o que vira praia
tem areia no fundo
seca na beira
tem mar demais pra uma ilha tão pequena
daí que se funde em onda maior que mar
e se vira despedida do que palavra não lança

tem um mar em mim que é só vertigem.

*

minha lua
confusa e inesperada
vazou pernas abaixo
manchou as roupas
fez poça nas praças
marcou os bancos
corou quem viu
deixou um rastro na cidade

minha lua
sangue que não suja

*

logo eu
que era crisântemo
que já fui rosa espinhuda
orquídea exótica
tantas vezes cacto
outras, tulipa
folhagem camuflada
quase mato seco de geada em manhã fria
floresci girassol
na noite nua

*

o silêncio
sempre me habita
como prece
sem pressa
ouço o que vibra
o que move
o que cala
há um zumbido distante
talvez seja o ruído do dia
uma lacuna de palavra
um não colocar-se à mostra
uma quietude
de quem prepara a garganta pro grito
e guarda as forças
pra estar consigo
antes
de

e é

é esse silêncio resguardado
o meu direito sobre o mundo

*

recortar e colar os versos
como quem levita sobre o inconsciente

costurar as letras
uma a uma

fechar os cortes

*

minha poética cíclica
de umbigo chão e ar
desmorona, mas recria
o coração que pula
a rede que balança
e não caio mais — só tropeço
nesses pedaços
partes de súbitas margens e cantos de folha
e opa
era mais palavra vindo que arquivei na pasta “não-abra-agora”
extensão «risco-de-explodir-ponto-rar”
porque a gente nem sempre sabe
o que se cria
o que se nasce
o que se brota
o que se penteia das letras todas
e o que se pesca
em rio de sumidouro
mar bravo

açude fundo
essa coisa toda cheia de água, dor e vácuo

mergulho, mas nunca sei
(sempre me devolvo em vinte-e-sete-algumas-coisas
que não dá tempo de separar antes do próximo deslize)

pereço de verdade e findo (de mentirinha)
mas dentro da cabeça e do peito continua rodando
sabe-se-lá-onde é o eixo
escondo as beiradas
nem reparo as rebarbas
tem um monte disso aqui — inda agora —
mas deixo lá

um dia acesso
e me perco
e não volto mais

labiríntica fuga entre osso seiva músculo veia da palavra
corto recorto colo sangro estanco

sem anestesia

*

de onde vem
o útero de tudo?

do lapso da falha
o hiato do encontro
a vaga do ensejo

do intervalo do som
a janela pra espiar
a porta antes de abrir

do oco da falta
o vácuo da ausência
a fenda entre as pernas
a greta do escape

o espaço entre a paz e o poema
a lacuna entre a mão e a palavra

a frincha do dia

o vazio
que cria

*

se enfeita de semente do que se planta
fio a fio da pele, pétala
do caule-caos
do corpo
absorto no cheiro
que fica
e fixa
arranjo que decora
e mora
na face que se abre
em ramo de jardim
na boca da estrada
da passagem
flor de encontro
flor de brinco
flor de beijo
antúrio pendido do jarro
margarida de pétalas ímpares
rosa

cravo no peito
flor
de amor-perfeito

*

pra que me abrigue
sonho
estrada
ventania

e enxergue pelas janelas do mundo
(mesmo enquanto ele acaba)

pros próximos terços de ciclos
quero um canto que me aguarde sob a abóbada do céu

sem plano de habitação

contar planetas
vias tantas
mirantes altos

já chega de ausência
tremores
medos

recomeço diário
de criar morada

me sinto em casa
quando chego longe
aqui
bem debaixo das minhas asas

livre

*

gesto textos
e por vezes silencio meu período fértil:
instinto de sobrevivência

*

eu não sou o sonho de 1988
quem abriu os olhos e expulsou o choro dos pulmões
às 8:15 de uma sexta-feira
da primavera de 1988
não cumpriu as expectativas, nem venceu as competições
ou seguiu a trilha traçada
não caibo onde me couberam

não rezo mais
escolhi esquecer as ladainhas dos terços
(embora sejam sempre todas iguais desde a idade média)
o deus que pune-obriga-castiga
e manda repetir tudo de novo
eu não acredito mais

não sou promessa
de tantos nãos ouvidos, aprendi a dizê-los por mim

eu não sou o sonho de 1988
depois de ser obrigada a ser quem sou
porque a gente não escapa da gente
porque a gente não consegue ignorar por que nasceu
mesmo que tenha nascido por outro motivo por fora
por outros sonhos por fora
por outras pessoas por fora
a gente nasce é pra ser a gente
por dentro e por inteiro

e é por isso que eu jamais serei o sonho de 1988

*

se eu coubesse, seria maior
se eu coubesse, faltaria espaço
se eu coubesse, sobraria eu
mas não cabe
o dia
o lugar
o entre
mas não coube no sofá da sala nem na cadeira do escritório
nem na sala de estar
nesse negócio de ser só uma
nesse caber que não é de tamanho
nesse caber que não é de ficar
nesse espaço de ir
não cabe
não coube
não acabo.

*

o timo atrás da porta
entre os titãs de ar e sangue
envolve a medula dos sonhos
há uma cápsula da casca do tempo
que avisa:
atravessa e sente
eu diminuo ao longo da vida
mas a vida me alonga para passar pelas brechas

*

abrir os olhos
tem o peso dos ombros de atlas
segurando o globo ocular
os sonhos pesam as pálpebras
acordo exausta

*

e se caísse pro alto
se nascesse asa a um metro do chão

e se quando se estabacasse
virasse
só
pó
cantiga
palavra
ou silêncio

eu já tinha me jogado do 13° andar

*

a solução dos medos:
um osso de dinossauro
encravado
a aguardar o resquício do sol

arqueologia das dores
históricas
mesmo que só a algumas décadas de distância

*

é capaz de pegar o dia com a mão, sem esforço
escorre o céu azul entre os dedos

na peneira da tarde ficam os afazeres
pedaços grossos de culpa pela louça na pia, a poeira da casa,
as planilhas
pilhas de pesos mentais

não fez recortes
não deu ponto nos bordados
não costurou as linhas do caderno

fez esforço pra tentar aprender o idioma do mundo
mas as linguagens se atravessam
ficam penduradas as palavras sem pronúncia

quis romper a manhã
mas os olhos ardem

quis fugir, correr, sumir
feito vapor de chaleira d'água fervida
abafada
tudo entre frio e morno hoje
sem extremos

as coisas medianas têm esse gosto de dias passados
sem horário de nada
é capaz de dizer o que não quer, mas não tem coragem
sabe o que quer, mas não tem ânimo

não ver as cores de despedida do dia deixa tudo amargo
parece que a noite vem sem ser convidada
chegou, sentou-se à mesa
hoje não tem jantar
hoje não teve nada
hoje foi um buraco
hoje foi uma toca feita com o cobertor
casulo sem lagarta

é capaz de ir aos mil lugares em que a cabeça foi
mas hoje ficou imóvel
feito abajur sem lâmpada

apagada
que reação nenhuma dá jeito.

*

pois
se é a vida que segue
por que sangra
tanto
cada parte que vai quando a gente
picota
a parte do dia
que divide a estrela da data inicial
com o fim?
o que fica então
que não sutura o corte
que continua rasgando
como mordem as tesouras não amoladas
sobre qualquer superfície
forte demais pra que seja
separada?
mas se não existe mais
o que explica
a permanência

constante
instante a instante
do que lateja?
e se
fica
brilha
brilha
brilha
é porque a vida
no que se faz de ponte
— sei bem —
não se acaba
quando finda a terra

*

a falta
sobra palavras no bolso da saia

*

estar sozinha também é um lugar...
um canto do mundo sem mapa
um banco de praça no peito
a cama esperando pro cochilo
a casa vazia com elza no rádio
a escrivaninha bagunçada
o quintal com o sol na beira do muro de manhã
a rua cheia de sábado à tarde
o domingo na pista de corrida
o rio cortando a cidade
o dedo da estátua do cristo no alto da serra
o ponto de ônibus em dia de chuva
o canteiro no rodapé do muro
o meio-fio da calçada
a latitude do triângulo das bermudas
as coordenadas para a viagem dos sonhos
a pontinha de terra das ilhas maldivas
a bota sem par da cartografia da itália
a nuca encostada no alto da pirâmide

o caderno na grama
a caneta nos dedos
cada instante que o pneu do ônibus encosta no chão da estrada
a janela do carro
a bandeira fincada na lua em 69
woodstock dançando no meu pulso
o pórtico na entrada da cidade
a mensagem de boa viagem na saída da cidade
o farol na praia — e nos meus olhos
o porto — do navio e das minhas mãos
o mirante — em que me atiro

estar sozinha
é um lugar
meu

*

afeto
: há feto
de um pedaço
de mim
em outrem
mas sem precisar
ventre crescer
nasce
em peito quieto
dentro e manso
sem choro

*

desejo:
pé na porta
pé de cabra
pé no peito
quebra tudo

realidade:
corte profundo
buraco
racha a si
quebra o mundo

*

o que fica dos rasgos
ao invés de perseguir-se em círculos
caminhar os ciclos
desaprender as horas do dia

ensinar-se os reinícios

*

há dias em que a escrita é
sopa
e só tenho garfos

quente de vontade
levo a cumbuca à boca

deixa derramar

*

falta fogo no meu mapa astral
preparo tudo em banho-maria

com sotaque de matilde e regina
origens de adélia e drummond
casas dos sóis de hilda
terras de marielle
porções de luz e mel
ares de ana martins
pesares de wislawa

em lume baixo
vapor nos óculos
misture
não pare de mexer

o açúcar não cola no fundo
ainda assim tudo queima
ainda assim a água ferve

e mesmo assim
cozinho

*

é mal vista
a escrita
bandida
banida

assinada
— tantas vezes assassinada
por um nome de mulher

uma guerra atravessou o mar por séculos pelo atlântico
há o silêncio pela guerra no oriente médio
há uma guerra atravessada no continente
há muitas guerras nas ruas do hemisfério sul

mas má
é a escrita
com nome de mulher

*

quebra a crosta
solta o magma

toda analogia entre
mulher e vulcão
é válida

*

aves
e marias
cheia de palavras

nem sempre mães
não rogai por nenhum pecado
eles não existem nem agora nem na hora da nossa morte

amem-se

*

Uma flor nasceu na rua!
Furou o asfalto, o tédio, o nojo e o ódio

CARLOS DRUMMOND DE ANDRADE

nos muros da casa velha
nas ruínas das ruas antigas
na construção abandonada
na mansão tombada

no espaço entre
a rua e a calçada
as pedras do castelo
o corpo e o chão

no alto dos telhados da memória
no concreto das escadas
escalando montes

uma flor continua nascendo na rua, carlos
todo dia
furando a noite
rompendo o temor

toda vez que
uma mulher
passa pelas brechas
nasce em si
e se brota em pé de poema

uma flor continua nascendo na rua.

*

bem-me-quer
mal-me-quer

o estigma que não me corta
pela coexistência de sexos
celebrar corolas
brindar nas sépalas

prefiro sempre
as pétalas ímpares

*

três marias no bambolê do cinturão de órion
três fios das tranças das palavras

trindade nem tão santa
tridente pagão
das três graças

três rainhas magas contra a monarquia
tríplice força das senhoras planetárias
dos degraus elementais

filhas de brigit: forja, poema e cura
somadas
divididas em três:
triângulas
mantra
tria.

(a janaína moitinho e michele santos)

*

um dia comum
num fim frio
de julho

não fosse o vinho dividido
com alice
as rimas nas beiras das taças
debruçando versos
cinco-sete-cinco

a mulher-letra
fez possível
florescer
poeta raiz
ruiz

(a alice ruiz)

*

~se estabaca toda
mas vai~

sigo
sempre
semi
quase lá

o melhor conselho da rota
não tem placas
nem acostamento
nem sinalização
tem luz
é via de mão dupla
mútua

a gente nunca evita
os incidentes

(a luz ribeiro)

*

bebemos
todas nós
das águas dos poemas lidos em voz alta
antes que elas
cortassem o pulso das palavras
jogassem o futuro dos versos de algum andar alto
apertassem o gatilho da página apertada
junto ao peito ardido

ainda
anos depois do salto no vazio
nos protegemos
sob a cabana dos poemas de
sylvia
ana c.
virginia
alfonsina
florbela
alejandra

séculos depois
ainda estarão vivos seus abrigos

como a brecha por onde entra a vida
por teimosia

*

querer o traço livre pra ser
galho seco
ramo vivo
caule cheio
flor ou fruto

colher na raiz
o que for
sem lhe tirar a vida

fincar o poema na terra
tê-lo lá

aguar pra não morrer

*

e se o som de trinta mil tambores soasse
se o barulho de um meteoro batesse no aço do peito
se um estrondo explodisse em câmera lenta
cada célula e cédula
de certeza chão e coisa que se suspeita suspensa
e cheia
e certa?
se a terra se abrisse
e se partisse em duas dúzias de estrelas
de moradas ocas
e chovesse pra cima
das visões da cor
se a rede do céu se abrisse
com punhal cravado na barriga da nuvem
e caísse anjo
água
lua
quentura
direto no braço de quem necessita de colo, canto e sol,

se o mundo parisse os andes de novo
e botasse em erupção os vulcões
e no topo dos everests de dentro
houvesse fôlego mesmo em ar rarefeito
altitudes outras
e gelo fino de pisar
se gente desmanchasse
em bolha de sabão
florzinha
e glitter
se voasse em garoa fria
raiva em raio
pele em pêssego
se a humanidade toda voltasse
pro útero
pro pedacinho de átomo
pro cantinho do vácuo
se tudo fosse de novo
tão nada igual agora e sempre

se tudo assim se acontecesse
...
você parava pra pensar?

*

hoje uma nuvem de terra avançou em vento sobre a cidade
o horizonte ficou rosado
uma nuvem suspensa pairando sobre os prédios
aquele meio sol abafado entre as nuvens
um saara aqui

cheiro de cana queimada entrando pela casa
até os gatos estão empoeirados

mais um dia suspenso
intenso entre a abóbada enfumaçada e as paredes da cabeça

o mundo fora do ar

tudo invertido se morrendo, se criando, se vivendo
a refazer o uso das coisas
redescobrir o espaço dos vãos
tirar a poeira das superfícies
a bagunça mantida

o chão sujo
os livros acumulados

anoiteceu e eu lembrei que preciso replantar meu pé de trevo
em outra nuvem
há meses não chove e tudo tem tom de quente

queria emprestado o barulho do mar pras minhas canelas
o ventilador roda o dia todo no mês de agosto
não sei quantos graus o mundo gira por segundo,
mas aposto que ele tira sarro do tempo.
eu desmontava relógios na infância
queria ter areia de ampulheta entre os dedos
agora os cabelos brancos se multiplicam: rastros de luz
na selva rala

um limão apodreceu na fruteira
pombos fizeram ninho na casa do vizinho
gravetos caíram no quintal
meus bichos destroem hortas
minha casa me suporta exatamente assim há mais tempo
do que consigo contar
o dia me abraça e eu contemplo
isso é tudo que existe.

*

as nuvens se debruçam
sobre o quintal da minha cidade
a água já chegou aos pés
as gotinhas apostam corrida no vidro do ônibus
em movimento
o tempo
[você coloca as vírgulas onde quiser]
a pausa é o respiro do fundo
do mundo
ainda há espera
o guarda-chuva entorta
o vento é ar com pressa
que não sabe onde vai chegar ou fazer curva
daí a semelhança com os humanos
daí agregar garoa e ventania
agora tempestade que desaba sobre nossas cabeças
peito ombros pernas mãos
enquanto o céu espia
tudo molhado escorrendo pelas frestas

daí a diferença: gente não passa pelas frestas
mas é tanto sulco esculpido
em corpo
com a talha do tempo e do chão
que gente quase vira chuva também

*

o movimento de uma fissura
numa rocha
quilômetros abaixo do nível do mar
a milhas do continente
provoca
o rompimento da barreira da normalidade do dia

a certeza do chão pode sumir
ondas podem lamber a cidade
as velas das igrejas podem repetir 1755

o movimento de uma ranhura
quilômetros abaixo da consciência
a milhas do pensamento
provoca
a arrebentação dos limites

pode nascer um texto
pode fazer-se o grito
a semana pode repetir 1922

tudo
pelo poder de uma trinca

*

também as árvores não cabem na vista das janelas
também nós não nos vemos pelas frestas

pra ver inteiro
pra olhar completo
pra entender tamanho
é preciso sair lá fora
sair de si
sair do mundo

pular
todas
as cercas

do latifúndio
dos olhos
do peito

*

em pleno meio do caminho
da jornada
do extremo ermo
de dentro
intuição bússola
estrada-pensamento, alma e coração
calça as botas do que te anda
veste as asas do que
livre
te leva
à montanha: sagrada
ao rio que te corre
em céu
leito
deleite
livro do tempo
que te passa
hora sã
oração

rosa dos ventos
em destino
a vida
em intensa tríade

corpo
alma
espírito

em pulsação imensa
e simples

*

fosse me dado sonho
faria
do intervalo em que pisco
passagem

*

há uma travessia
até que cá
seja aqui

e aqui seja o novo mundo
dentro da rotina das voltas da língua
fora dos serviços de estrangeiros e fronteiras

quero pular corda com as linhas divisórias
brincar com os significados das zonas
ser freguesa de desafiar limites

nos confins de mim
nunca houve colônia
mas pés livres
de um corpo que dança

sempre
entre.

*

a abotoar gerúndios
as ruas dizem movimentos outros

o verbo pendurado nos dentes
infinitivo
direto

com adjetivos curtos
limpo os cantos da boca

cai uma saliva dos olhos:
coma o mundo
lamba os dedos
chupe os caroços

*

sorry
je ne parlé
com seu *sotaqué*
nas ruas desse bairro que é freguesia
nas beiras dessa cidade que é concelho
não distrita-me o estado das coisas

há um oriente médio inteiro no todo do comércio
as praias do sul estão lotadas de norte
braços fortes carregam cargas de travessia

peço desculpas
mas há um livro do século dezenove aberto
nos trilhos da palavra que contorna minha morada
e o amor pela minha língua
não apaga a colônia
falo português tupi
falo pretoguês nagô

meu idioma tem sangue e suor
meu R retroflexo dá uma apertadinha no fundo do céu da boca
feito coração com saudade

pardon
se minha origem não é fixe

sorry
se minha escrita não é giro

eu me ajeito na fluência
da cadência que comunico
a presença da minha boca latina

desculpa, mas
sorry for nothing

*

hemisférios paralelos
de linhas próximas

mas vai tão longe o corpo que sai
e cruza o mar
e costura as cicatrizes de séculos
e faz-se cor em meio ao ardor de ser tanto quanto diferente da norma
culta
da língua
que dança no céu da boca

renascer no rio que levou à invasão
da terra da origem do atlântico

da expansão do corte, a água que passa
que liga margens de descobertas outras

estico passos, morro e nasço ocupando espaços
com meu um metro e meio de corpo
que ama

se me faço rio
se faleço e recrio foz
na voz de mar carrego corpo-barco
barco-coragem
coragem-amor

não ancoro corações:
alma à deriva
flutua

é preciso leveza pra luta

*

por guardar tantos corpos
o coração do mar
aqui
ficou mais gelado

cá, a água
tão verde quanto fria
congela os ossos
contempla os barcos a vela
séculos após as naus
sangrarem o oceano
cortarem terras
esvaziarem gentes

a larga faixa de areia
estica os ângulos
na baía de braços largos

as ondas
— antes, de fim pra minha terra —
quebram meus medos
movimentam novas coragens, colagens, desenhos
poemas de chão que brilha
de praia sem árvores
de raiz que atravessa o oceano
e me encontra
aqui
de flores livres
pra consagrar o útero do mundo

a mãe do sonho é a mesma em todas as margens

*

oxalá

erê seja todo aquele que se inunda de asa

vá brincar de viver

*

o voo passa

fica o hiato sem pássaro

o colorido do fundo das coisas permanece

perene

o pássaro passado
que foi
já não espera

resta
o presente
imanente
pescando o futuro

*

a pressa quase pisa
uma margarida
entre cimentos

romper o concreto também é caminho

*

esgarçar a vida
feito pano gasto
tela diáfana
a criar espaços
pra coar a vista

*

entre os seixos dos dias:
o grão dos silêncios:
            mantra
de entoar
novos ritmos

enfim o descanso
das telas azuis

*

entre as sílabas da cena
olhar pelo buraco da fechadura
chover métrica no papel

sem tirar a mira do presente

*

contra toda fadiga, estresse, depressão, ansiedade:
um poema por dia
que não cura
não fecha ferida
não acalma
não dura
um poema por dia
que pelo menos entorpece momentaneamente
emplastro
e anestesia
ao mesmo tempo que arde
sim
queima
e pode afogar
não é receita
nem mandinga
nem patuá
apenas

não menos que
um poema por dia

*

a implosão da forma fixa
enxergar a beleza
do que precisa de reforma

*

a força dos dias ergue-se dentro
sob qualquer causa contrária
amplia-se a extensão dos alcances

o que é bravio
abre-se na potência primitiva das coisas

travessia interna exposta
desde a raiz
mira profundo em vista bordada de infinito

rompe muros
extrapola janelas
vem de semente que brota em terra batida

eu moro aqui
e não saio mais de mim

*

observar:

o início vivido
o princípio plantado
a margem da folha
a curva desenhada
as linhas da seiva
as marcas dos ciclos
a sombra
a maturação da página
o caule colhido
a terra recebida
a água o chão

o que fica

e o fim

*

Há dez anos atrás o Leon me disse que existe uma rachadura em tudo e que é assim que a luz entra, não sei se entendi. Você percebe alguma coisa da mistura entre falhas e iluminação?

MATILDE CAMPILHO

percebo:
buracos, vistas e brechas
trincas, fendas e fissuras
resquícios, rompimentos e rachas
sulcos e rupturas
frinchas, gretas
ranhuras

percebe a luz entrando, matilde?
atravessaria fevereiro em bicicleta só para perceber essa falha

*

passei pelas frestas:

dei uma festa

no vazio

das páginas

marília rossi

nasceu em poços de caldas. filha de costureira e carpinteiro, alinhavou e pregou as palavras desde cedo no seu universo. formou-se pedagoga, estudou filosofia, tecnologias, arte, cultura, design, inovação e também borda, pinta, desenha, recorta-e-cola, escreve, faz videopoemas, elabora projetos, dá consultorias, proseia e escuta o mundo. coloca-se no mundo como mulher, da comunidade lgbtqia+, imigrante, professora e poeta, mas deixa as janelas abertas pra poder ser o que mais a vida encontrar. fresta é seu primeiro livro.

PRIMEIRA EDIÇÃO
–PRIMAVERA/OUTONO –
BARREIRO/COTIA
JUNHO
MMXXIII